백성대 사랑님 혜존

저자. 서정일 드림

사랑이 담아진 엄마의 마음

사랑이 담아진 엄마의 마음

초판 1쇄 펴낸날 | 2013년 1월 21일

지은이 | 서정일
펴낸이 | 백성대
편 집 | 박명화

펴낸곳 | 노 문 사
출판등록 | 2001년 3월 19일 제2-3286호
주소 | 서울 중구 인현동 2가 192-30
전화 | (02)2264-3311~2
팩스 | (02)2264-3313
이메일 | nomunsa@hanmail.net

값 / 10,000원

ISBN 978-89-86785-91-3

동시집

사랑이 담아진 엄마의 마음

글·사진 서 정 일

노 문 사

동시집 제4집을 내면서

　동시를 쓰면 쓸수록 어렵고 두려움이 앞서면서 망설여진다.

　쓰면 쓸수록 어려운 것이 동시다.

　써놓고 또 보고 또 보아도 자신감이 없다.

　몇 번 망설이다가 그래도 작가는 작품을 세상에 내놓고 독자들에게서 평을 받는 것이 작가의 도리이기에 독자들의 마음속으로 찾아 간다.

　독자들의 마음에 동심이 심어지고 많은 독자들이 정서 생활에 도움이 되어지기를 바라는 마음뿐이다.

　'사랑이 담아진 엄마의 마음' 동시집이 많은 사람들에게 사랑을 받는 책이 되어 동시의 의미가 마음에 심어져 널리 펼쳐나가기를 바라는 마음이다.

2013년 1월

저자 情嵒 서 정 일

차 례

1부

엄마와 동생

동생은
물건을 마구 어지럽히고
음식도 철철 흘리면

엄마는
어지럽혀진 것
정리하고 청소하기 바쁘다

더럽히면 닦고
흐트러지면 정리하는

동생은 연필
엄마는 지우개
엄마와 동생은
떨어질 수 없는 사이

사랑이 담아진 엄마의 마음

성적표 내놓고
고개 숙인 나에게
"잘했어
다음에는 더 잘 할 거야
엄마는 믿으니깐"
손잡아 주는 엄마

넘어지면
"다친데 없니 조심하지
큰일 날 뻔했어
항상 조심조심" 하면서
살포시 안아주는 엄마

엄마 따뜻한 말 한마디
잡아주는 엄마 손
살포시 안아주는 엄마
따뜻한 엄마의 사랑
사랑이 담아진 엄마의 마음

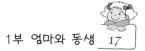

엄마 아빠 손

기분 나쁜 일이기에
힘이 빠졌을 때
엄마가 어서 오너라 하면서
두 손으로 안아주면
기분이 금방 짱이다

일하다 실수하여 어쩔 줄 모르는데
아빠가 손으로
어깨를 툭툭 치면서
"괜찮아, 괜찮아"할 때
힘이 부쩍 생긴다.

엄마 아빠 손은
우리들의 힘

엄마의 등

어릴 때
따뜻하고 포근한
내 침대
엄마의 등

머리카락은 희고
허리는 굽어
나이 잡수어도
지금도 따뜻한
엄마의 등

이제는 내가
엄마의 따뜻한 등이 되어
기쁨을 주는 나의 등

우리는

나는
나고
너는
너니

우리는 모습이
같을 수 없지 !!!!!!

그래도
생각은 같을 수 있다.

우리 집 옹아리

한 살도 안 되는 내 동생
혼자서 옹알옹알 거린다
아무리 들어봐도
도무지 알 수 없다

그런데 엄마는
옹알이의 말을 듣는지
옹알이를 마주보고
깔깔
웃으신다.

내가 무어라하면
옹알이는 울어버린다
이상하다.

우리 가족

집이란 흙에
꽃대는 아버지
꽃잎은 어머니
꽃은 우리들

조잘거리며 웃고
즐겁게 노래 부를 때
우리 가족은 행복하다.

우리 집 꽃 궁전

우리 집 뜰에
작은 궁전이 들어섰다

해바라기는 등대
채송화는 별꽃

봉선화 백일홍 배추꽃이
맵시 뽐내기 바쁘다

우리 집 꽃 궁전
아름다운 웃음에 집

내 동생 욕심쟁이

음식 먹을 때 마다
욕심을 부리지 말고
천천히 먹으라고 야단을 쳐도
소용이 없다

어느 날
아버지가 맛있는
조개를 사 오셔서
구워서 먹는데
동생은 익기도 전에
정신없이 먹는다

아니나 다를까
배가 아파서
결국 병원까지 가서
진정이 되었다

그 후 부터는
음식에 욕심을 부리지 않고
천천히 잘 씹어서 먹는
내 동생

아기와 할머니

아기는 할머니 손을 잡고
아장 아장 걸어가고
할머니도 아기와 함께
아장아장 걸어간다.

나이 차이가 있어도
할머니는 아기 따라
아기가 되어
아장 아장 아기걸음

아기와 할머니 걸어가는
뒷모습이 재미있어
가을바람이 아장아장
뒤따르면서
가을 햇살을 모은다.

하나뿐인 나

이 지구상에
얼굴도 키도 몸도
말소리까지
하나뿐인 나

우주에는
태양계도 있고
은하수도 있는데
거기에도
똑같은 나 있을까

로케트를 타고 날아가서
똑 같은 나 만나는 날
빨리 오기를 기도하며
별을 바라본다.

웃음

아버지 웃음
하하하……
힘 있는 웃음

어머니 웃음
호호호……
사랑의 웃음

우리들의 웃음
꽃피우는 해, 해, 해
우리 집은
향기 나는 웃음 꽃밭

2부

가을 옷

엄마가 여름내
애써 만든 꼬까옷
가을 되어 입었네
산과 들은 가을이 설날

색동옷 꼬까옷 입고
빨간, 노란모자가
어울리고

귀뚜라미 축하노래
어울려
춤을 추니

파란 하늘에
가을 햇살이
설 옷을 더 빛나게 한다.

늦가을 햇살

햇살이 따가운 늦가을
바람이 붉은 단풍잎 하나
따다가
강물에 배 띄워 놓으니

햇살이 냉큼
배에 누워
가을 여행을 떠나요

단풍잎은 신나서
노래 부르며 물살을 가르고
햇살은 함박웃음

늦가을의 아름다움을
글로 담아 놓는다.

밤 한 톨

탁 하는 소리
밤이 떨어 졌다

아빠는 주워 들고
다람쥐는 입에 물고

아빠는 앞니로
껍데기 벗기고

다람쥐도 앞니로
껍데기 벗기고

아빠가 다람쥐인가
다람쥐가 아빠인가

알밤

밤은 태어나면서
철갑옷을 입고
여름햇볕 바람과
전쟁하면서 자란다.

가을이 되어
갑옷을 벗어버리고
우리들 앞에 나타난 밤

유난히도 반짝반짝
여름 내내 더위
참고 견딘 선물

추석 달

하늘에는
달이 놀고

우리 집 지붕에는
고지박이 달 흉내 내며
놀고

달빛이 창 넘어
내 동생 얼굴 비추니
유난히 예쁜 모습

나도 달이 되어
온 세상 비추고 싶어

추석 달
오늘 더 밝은 달

까치야 놀자

날이 밝기 무섭게
날 보고
빨리 일어나 놀자고
까악까악 까-악

세수하고 밥 먹으면
학교가야 하는데
내 속도 모르고
까악, 까악 까-악

집에 돌아와
놀자고 부르니
보이지 않네

나는 미안한 마음으로
빨리나와 놀자
나도 까악, 까악 까-악

나는 꽃이 될래

살랑살랑 춤을 추어
웃음을 주고
꿀을 주어 희망을 가지게 하고

향기로 사랑을 나누고
예쁜 모습으로
기쁨을 주는 꽃

향기를 주고 꿀을 주고
사랑 나누다
가을에는 열매 맺는 꽃
모든 이에게 양식이 되는 열매

나도 꽃이 되어
훌륭한 열매되어
서로 나누어
웃음을 주는
행복의 천사, 나

겨울 눈

하얗게 내린 눈 속에서
풀들은 봄을 기다리며
운동을 열심히 한다.

하얀 옷을 입고
따뜻하게 하여
싹을 틔우기 준비에 바쁘다

눈은 내일에 희망을 주는
겨울의 선물이다.

겨울 우체통

봄 여름 가을
빨간 모자 쓰고
좋은 소식 나쁜 소식
전해 주고

겨울이면 하얀 모자
바꾸어 쓰고
착한 사람 찾아
선물 날아다 주는
싼타크로스 할아버지

버섯

길가에 버섯이 있다
비오는 날 누구에게
우산이 되어 줄려고

색깔도 가지가지
예쁘기도 한 버섯우산
내가 쓸려니 내겐 적다

개미들이 비 맞을까 봐
우산이 되어 줄려고
서서 기다리나 봐!!!

꽃샘추위

겨울 추위는
봄이 와서
꽃 피는 게 싫은가 봐

추위를 잡고 놓아주지 않아
나무나 풀이
몸을 움츠리며

봄 맞을 생각을 않는다.

꽃비 꽃눈

비가 꽃이 되어
바다, 강, 산, 들에 내리면
온 세상이 꽃으로
아름답겠지

눈이 꽃으로 내리면
나무도 풀도
흰 꽃이 피겠지

그러면
수해도 없고
폭설도 없어
아름다운 세상에
웃으며 살텐데

민들레

노란 꼬까옷 입고
민들레가
웃고 있다

어느 날
하얀 옷 갈아 입고
한들거린다.

일 년 내내 겨우
옷 두벌 입고

나는 엄마가
빨간, 노란, 파란 옷
계절마다 사 주시니
고마우신 우리 엄마

봄이 오는 날

아지랑이 춤을 추니
개구리가 톡 뛰어나오고
달래, 냉이가 고개 내밀면서
빙그레 웃으며
아지랑이를 잡는다.

우리들은 신나서
들로 산으로
봄맞이 간다.

단풍 배

빨간 단풍잎 하나
가을 바람이
뚝 떼어다가
강물에다 배 띄워 놓으니

작은 청개구리 한 마리가
배에 냉큼 올라타고
가을 햇살을 받으며
신이 나서 노래 부른다

가을 햇살은
청개구리 등에 업혀
개구리 부르는 노랫말을
배에다 모아 담는다.

3부

호수

낮에는
하늘이 놀다가고
해와 구름이
달리기 시합을 하고 가면

밤에는 개구리학교 음악회
바람이 지휘하면
개구리들의 합창이
울려 퍼지고

달과 별이 조명이 되어
아름답게 비추면

개구리 개굴개굴 개굴
두꺼비가 뿡, 꾁 소리
풀들이 신나서 춤을 추고
나무들이 박수를 친다.

달빛

유리창을 두들기는 달빛이
너무너무 아름답고 예뻐서
창에 비친 달빛을 따다가
병상에 누운 친구에 달아주면
환한 웃음 지으며
빨리 나을 것 같은 내 마음

산

자그마한 산
봉우리 산
둥근 산
높은 산
험악한 산

산은
사람 닮았나
큰 사람 작은 사람
동그란 사람

생각하면 할수록
보면 볼수록
신기하고 재미있다.

저 큰 나무를 봐

저 큰 나무를 봐
작은 나무가
씩씩하게 자라서
저렇게 자랑하고 있어

저 큰 나무도
눈, 비도 맞고
심지어는 바람에
억세게 매 맞아도
큰 나무 되기 위하여
참고 견디는 힘

나도 저 큰 나무처럼
참고 이겨내는 힘을 배워야지
그래야 훌륭한 큰사람으로
우뚝 서지

하늘

엄마구름
애기구름
정답게 가고

아빠 엄마 오빠 누나
줄지어 날아가는
기러기 모습 부러워요

우리는 비행기 타고
북녘을 가노라면
보이지 않는 선이
돌아서게 한다.

먼 다른 나라 하늘을
선도 없이 잘도 가는데

보이지 않는 선을
구름아, 기러기야
지나면서 지워주렴

나무 울타리

우리 집 나무울타리
해바라기가 고개 들고
집을 지켜주고

나팔꽃이
노래 부르며
손님맞이하고

빨간 고추잠자리가
학교 갔다
돌아오는 나를 반기는
나무 울타리

나무는 나무는

나무는 나무는
꽃샘추위도 물리치고

폭염도 폭우도
거뜬히 이겨내며

가을이 옷을 벗겨도
화내지도 않고

겨울에 찬 옷을 입혀도
짜증내지 않는

나무는 참고 이겨내는 힘

사람은 나무를 사랑하고
나무를 좋아하나 봐.

말이 없는 나무

가을이 되어
곱게 물든 단풍
바람이
하나 하나씩 어디론가
데려 간다

나무는 아무 말 없이
떠나는 모습을 보면서
바라만 본다

할머니 세상 떠나시던 날
상여차를 바라보는
엄마의 모습 같다.

기러기 떼

기러기는
하나 흐트러지지 않고
줄을 서서 날아간다.

내려앉을 때도
부딪치지 않고
질서 지키며 앉는다.

사람들은 어디든 모이면
먼저 갈려고 야단
심지어는 싸움까지 한다.

기러기 보다
못한 사람
아이 창피해!

새떼

파란 하늘에 새떼가
새까맣게 날아간다.
새치기하는 일
부딪치는 일 없이
질서를 잘 지킨다.

사람은 줄 서면
새치기 하다 시비하는 일
자동차를 몰고 가면
경주하듯 달리다
사고 내고 싸우고

날아가는 새떼에게
무슨 말을 할까?

거미줄

거미는 거미줄을 쳐놓고
먹이가 오기를 기다리며

우리 아빠는 지하철 타고
거미줄을 따라 직장에 가시고

엄마는 자동차를 타고
거미줄 따라   일보러 가며

나는 걸어서 거미줄을 타고
학교로 간다.

거미는 쳐놓고 기다리고
사람은 거미줄을 따라 산다.

벌레

벌레 하면 징그럽고
몸이 움찔 해진다.

그런데
그 말을 사람에게 붙이면
기분 좋은 말
참 재미난 말

공부벌레
일벌레

일도 공부도 열심히 한다는
칭찬의 말

그 소리 들으면
어깨가 으쓱 해지는
참 좋은 말

*4*부

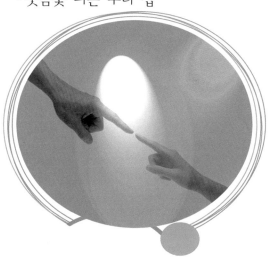

고아가 된 1원짜리

길을 걸어가고 있는데
발밑에 밟히는
1원짜리 동전

손으로 집어 드니
반짝반짝 웃음 짓는다.

날 쳐다보면서
내가 작다고 무시하여
이렇게 버려도 되는지?

돈은 1원부터 시작이고
1원이 10원, 1억 되는 걸
사람들은 모르는지

고아가 된 돈을
손에 꼭 움켜쥐니
부자가 된 기분
행복이 찾아온다.

선이 있어도

하늘을 나는 새는
우리는 보이는 선이
보이지 않나 봐
우리 땅을 마음대로
날아다닌다.

우리는 백두산을
남의 나라 땅을 통해서
가야하는 안타까움

새가 선을 못 보듯이
우리 눈에도 선이
보이지 않았으면 얼마나 좋을까?

우리에게
가로막는 선이 보이지 않을 때
새가 날아가듯이
비행기도 날아가는
우리의 통일이 이루어지는 날

내가 서 있는 자리

흙에 서면 흙이 되어
곡식 되고

아스팔트에 서면
아스팔트길로 변하며

　　　　　　잔디위에 서니
　　　　　　푸른 잔디 되어
　　　　　　마음이 푸르러지니

　　　　　　내가 하늘에 서면
　　　　　　구름이 되어
　　　　　　가고 싶은 곳을
　　　　　　마음 놓고 날고 싶다.

퍼져가는 노래 소리

가수들이 부른 노래가
세계 곳곳에서
울려 퍼진다.

그 음악소리에
세계가 박수 치는 소리
대한민국이 퍼져가고
세계 곳곳에 우뚝 서 있다

자그만 한 나라의
노래가 세계 하늘에
더 활짝 필 때
우리의 어깨는 으쓱 으쓱
세계가 우러러 보는
우리나라

핸드폰

손에 잡혀 있는
자그만 한
핸드폰이
세계 곳곳에서
소식을 전한다.

그 신기한 핸드폰
어느 나라 것인가?

그 속에 대한민국이 들어 있다.
대한민국의 기술이
세계를 놀라게 하고

세계 곳곳에 심어지는
우리 기술
우리의 힘
대한민국
감히 작은 나라라 무시할까?

한국의　돈, 원 !

얼마전만해도 외국 갈 때
딸라 아니면 안 되어
바꾸기 힘들었는데

이제는 어느 나라 가도
한국의 돈, 원이
쓰여 지고 있다.

한국의 돈, 원이
힘을 가졌다는 것
곧 안보의 힘

우리 한글

만드신 세종대왕이
년대도 뚜렷해서
세계에서 분명하게
원칙에 의한 한글이라
세계 학자들이 자랑한다.

한국의 한글 우수성에
세계 각국에서
배움의 소리가 들리는데
나라에서는 왜 움칠까?

상품에 우수성에
왜 우리 글을 못 쓰고
외국 글 써야 하는지

떳떳한 우리 글 멋지게
핸드폰, 텔레비, 등등 상표에
외국글로 쓰는 것 보다
이제는 한글로
'대한민국 제품'
빛이 나고 더욱 빛난다.

응원가

대한민국! 짜짜 짝
대한민국 응원가에
세계인도 따라   부른다.

응원가 소리에
차고, 던지고, 쏘고, 재주부려
우승, 우승하여
태극기가 올라가면
애국가가 하늘을 펼쳐가며
하늘을 흔든다.

더 신나는
대한민국! 짜짜 짝
이 소리, 감히 누가 잠재우리
대한민국을 무시하리

통일이 되면 힘이 배가 되어
더 신나는 대한민국
짜짜 짝!!!

종로

종로는 우리나라 1번지
왕이 사시던 궁이
우리의 기상을 높이고

종로 네거리 표지가
나라의 거리 중심을 이루어
지역마다 거리를 알려주며

광화문의 광채가
힘차게 솟아오르니
기가 살아나고

종각의 종소리가 울려 퍼지니
사랑이 솟구치며
아름다운 나라를 만드는 중심

기가 살고 기상이 높은 곳
우리나라의 중심이 되는
사랑과 아름다움이 넘치는

종로
종로
종로

편지

학교에서 위문편지 써서
국군아저씨에게 보냈더니
어느 날 군사우편이 찾아 왔어요

내 편지 받고
기쁘고 즐겁고 행복 했고
힘이 쑥쑥 솟는다고

나라를 잘 지킬테니
건강하게 자라라고

기대하지 않던
답장을 받으니
나도 힘이 생겨요

북한 어린이에게
편지를 보내면
힘과 용기를 갖고
잘 견뎌내겠지요?
통일되는 그 날까지

편지 속에 담긴 이야기
나라 지키는 힘이
너무 기뻐요.

웃음꽃 피는 우리 집

우리 집은
할아버지 아빠 엄마 동생
다섯 식구 살아요

언제나 깔깔깔
웃음꽃이 피어나
즐겁고 신나요

할아버지 말씀이
집안에 웃음꽃이 피어나서
우리 집이 행복하면
이웃도 즐겁고
나라도 튼튼하여지니
이것이 바로 즐거운 우리 집
튼튼한 우리나라

5부

와글와글

학교 교실에서
와글와글
명절날 집안 식구들이
와글와글

사람들이 모여서
와글와글
이야기 하는 소리

웃으며 말 하는 소리
즐거움이 넘치는
행복한 소리

보글보글 지글지글

부엌에서
보글보글 지글지글
엄마 마음 담고
손맛을 내는 소리

힘들고 귀찮아도
즐거운 마음으로
엄마 웃음 담아지는 소리
보글보글 지글지글

그 소리만 들어도
힘이 생기고
쑥쑥 커가는
보글보글 지글지글

땀방울 소중함

오르다 미끄러지면서
힘들게 산에 오르니
송글송글 맺힌 땀방울

하나하나
구슬이 되어
마음에도 담아지니

땀방울 구슬 속에
온 세상이 들어와
힘이 솟는다.

노력하여 얻은 땀방울
소중함 꿈을 담아놓은
나의 좌우명

우리 집 옥상

우리 집 옥상에
화분에 고추 무 배추가 상추가
우리를 위해 무럭무럭 자라고

싱싱하게 자라는 모습
볼 때 마다
힘이 쑥쑥 솟아난다.

아침 밥상에 상추가
웃으면서 쳐다 보고
배추 무가 장국이 되어
입 맛나게 해주니

가꾸고 기른 재미
우리 건강을 지켜 주는
무공해 텃밭

재래시장

엄마 따라 재래시장에 가니
야채들이 엄마 보고
손짓하고

고기들이 꼬리로 춤을 추며
과일들이 색깔 자랑에
눈이 부신다.

엄마 손길이 갈 때 마다
쳐다보며 웃음 지으니

예쁘고 잘 생긴 것
바구니에 챙기신다.

나는 하얀 떡에 빨간색
옷을 갈아입은 떡볶이에
눈길이 끌려 입맛을 다시니
재래시장 맛이 돋아난다.

전철

가는 곳
생각도 다른 사람들이
어깨를 같이하고
다정히 앉아

처음 보는 사람인데
무엇인가 물어보고
웃음을 주고 받는 모습

할머니 오르시니
얼른 자리 비워주고
서 있는 사람

세상에서
아름답고 천사같은 마음

전철안은 기쁨을 주는 곳

해 떨어지기 전에

집을 나서는데
차 조심하고
길 잘 살피면서
조심조심 또 조심하고

잘 놀다가
해 떨어지기 전에
돌아와야 한다

빨리 보고 싶은
엄마의 마음이 담아있는
해 떨어지기 전에
돌아 빨리 돌아오너라.

꿈꾸는 날

엄마 아빠는
잠들기 전에
좋은 꿈 꾸란다.

그런데 꿈만 꾸면
실수하는 밤
요에 지도를 나도 모르게 그리니

꿈을 꾸는 밤이 싫어
아침 되면 아이 창피해

엄마 아빠 보는
내 얼굴이
빨간 홍시가 되니깐

무허가 건물

한두 마리 땡 벌이
베란다 왔다갔다 하더니

집을 지어
온통 땡 벌 세상이다

아파트 주민들은 야단이다
땡 벌들이 무허가 집지어
불안한 마음

119에 신고하여
철거를 요청하니
철거반과 땡 벌과 싸움

옆 동네 무허가 집
철거하던 생각이 난다.

겨울은 따뜻하다

눈이 내리고
찬바람이 불지만
겨울은 따뜻하다

따뜻한 옷을 입고
털모자, 장갑, 목도리
몸을 따뜻하게 하여

겨울은 따뜻하다.

이상한 일

해, 달, 목성, 지구 같은 위성은
세모도, 네모도, 삼각형도 아닌
모두 둥글다.

별은 사람들이
네모도 세모도 아닌
다 같이 오각형
별은 오각형일까?

정말 별은 오각형

6부

팔랑개비

팔랑개비는
바람만 만나면
신나서 돌고 도는
장난꾸러기

우리가 좋아서
손에 잡고 달리면
더 신이 나서
돌고 도는 팔랑개비

높은 큰 산도
바닷가 갯벌도
팔랑개비가 좋은가 봐
큰 팔랑개비를 가지고 논다

우리가 가지고 놀면
장난감 팔랑개비
산과 갯벌이 가지고 놀면
전기를 일으키는 재주꾼

팔랑 팔랑

하늘에서
하얀 눈이
팔랑 팔랑 내려와요

내 머리에도 팔랑 파랑
내 어깨에도 팔랑 팔랑
바둑이도 팔랑팔랑
나도 덩달아 팔랑 필랑

팔랑팔랑 발자국
눈 위에 자국만 남고

땅 속에서는
봄을 기다리는 새싹
팔랑팔랑 힘내는 소리에
내 가슴속에 꿈이 자란다.

심술쟁이 파도

모래 위에
사랑해요 사랑해
기분 좋게 써놓았는데

슬그머니 와서
지우고
다음에는 더 세게
싹 쓸어버리고

나는 속상한데
철석, 철석
소리 내고 웃는다.

파도는 심술쟁이

요술쟁이 구름

구름은 하얀 예쁜 구름은
재미나는 그림이 되고
검은 구름은
비를 내려
나무 풀들에게 즐거움 주고
목이 마른 땅에 내려
갈증을 없애준다.

겨울에는 눈을 내려
가지마다 예쁜 꽃 피게 하고
지붕 하얀색 입혀
기와집 함석집 구별이 없다

흰 구름 검은 구름 되어
비도 주고 눈도 주면서
요술을 부린다.

구름이 요술은 부려도
심술을 부리면
땅이 파헤쳐지니
심술은 부리지 말고
애써 키운 농작물이 슬프니까?

오늘은 오늘 뿐이다

오늘은 오늘 뿐이다
어제도 내일도
분명 오늘이 아니니
오늘은 소중하다

오
늘
은
오
늘
뿐이다.

공기는 누가 씻어 주나

나무에 먼지가 묻으면
바람이 털어주고
비가 내려 깨끗이 씻어준다

공기 청소 할 때
천둥치고 번개가 번쩍이면서
소나기가 내려
공기를 청소하고

한바탕 소동 뒤엔
하늘이 파랗게 맑아진다.

천둥 번개는 우리에게
다시는 공기를 더럽히지
말라는 경고
우리는 조심해야지

베개

베개는 말없이
나를 편하게 하여
잠을 자게 해주고

답답할 때
가슴에 꼭 껴안으면
내 마음이 편해요

내가 화가나
집어던져도 말이 없이
받아주는 베개

꿈을 갖게 해주는
사랑스런 베개
오늘 밤에도 편안한 밤

구름 비행기

가을 하늘에 흰 구름
바라보는 내가

파란 가을 하늘에
하얀 구름 타고
세상 구경하고 싶다

미국도, 유럽도, 아프리카도
어디든
허가 없이 자유로이
다닐 수 있는
구름 비행기

종이에 그려진 나

눈이 적어서
크게 그려
넓은 세상 보고

입이 적어서
크게 그려
맛있는 거 많이 먹고

옷에 주머니를
크게 그려
무엇이든지 많이 담으려고
생각을 했는데

그려놓고 보니
내 생각이 잘못이다

먹고, 보고, 담는 거는
크다고 되는 것이 아니라

내 생각이 올바르고
마음이 아름다워야
복이 되어 찾아온다.

장독대

시골집 돌담 옆에
돌로 곱게 쌓은
장독대 항아리들

된장 고추장 간장이
항아리 속에 꼭꼭
숨어 있다

봉숭아꽃이
같이 놀고 싶어
물끄러미 바라보며
나도 붉은색인데…

숲에 초가집

엄마 아빠 일터 나가시면
아기는 바둑이와 집을 보지요

숲에서는 새들이 동무 해 준다며
조잘조잘 노래 불러 주면

그 노래 소리에 아기가 잠들고
바둑이도 스르르 눈을 감으면

매미는 더 신나서 노래를 부르는
아름답고 사랑스런 숲의 집
우리 집 꿈이 자라고 있어요.

책장을 넘기는 마음

책장을 넘기는 소리
숨겨진 비밀을 찾아간다.
책장을 넘길 때마다 무엇이 숨어 있을까?
마음이 두근두근

궁금한 마음으로 넘기면
더 빨리 넘기고 싶은 마음에
새로운 것에 놀라고

비밀 하나하나 풀어 갈 때
놀라면서 신기함에
숨소리도 못 내고

비밀을 알아가는
책장 넘기는 소리
그 소리 속에
꿈이 자라고
내가 무럭무럭 자란다.

그리운 소리

새벽을 열어주는
두부장수 종소리
그 소리 듣고
엄마가 아침 하기
바빠지는 시간

눈이 내려 소복한 밤
찹쌀떡 찹쌀떡
포근한 밤을 알리는 소리

아이스 케익키
아이스 케익키
더위를 녹여주는 소리

요즘은 어디로 가고
사라져
그리운 소리
듣고 싶어지는 소리

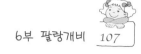

김치

우리가 없으면
안 되는 반찬
시큼한 냄새가 풍겨
외국인 싫어하는 김치

이제는 그 효능이
세계에서 인정되어
김치가 곳곳에서
춤을 추고 있다

우리 선조님들의
우수한 지혜가
세계를 주름 잡고 있다.

하늘 청소

하늘 청소는 구름이
비를 뿌려 청소 하면
하늘, 산, 들이 깨끗해서
유리알 같다.

하늘에 때가 적으면
구름이 물을 적게 사용하여
땅에 내려
나무, 곡식, 풀들이 싱싱하게
웃으며 자라지

하늘에 때가 많이 끼면
구름이 청소 할 때
물을 많이 쓰는 바람에
땅에 내리면
홍수가 나서 야단이다

하늘이 더럽히는
매연을 없애고
가스 사용을 줄이는 일
나부터 실천하자.

하얀 눈길

하얀 눈길을 걸어가면
뽀드득 뽀드득
소리 내며
내 발을 그려놓는다

예쁘게 예쁘게
그 자리에
오래 오래 있었으면 좋겠는데

심술궂은 바람이
지워버리고
엉덩이를 한들거리며
가버린다

얄밉고 얄미운
그 바람
잡을 수 없을까?